AF275678

# EL CUENTO

Joseph Conrad (1857-1924) es considerado uno de los escritores más importantes de la literatura inglesa. Nació en la ciudad de Berdychiv, que entonces formaba parte de Polonia bajo dominio ruso. Se enroló en la marina de muy joven y trabajó a bordo de buques mercantes británicos, hasta que, con casi cuarenta años, se retiró de la *Royal Navy* para dedicarse a la escritura en inglés, pese a que era su tercera lengua. De sus viajes y experiencias marítimas se nutrieron muchas de sus historias y novelas de aventuras, entre las que destacan *Un vagabundo en las islas*, *El corazón de las tinieblas*, *Lord Jim* y *Nostromo*. A medio camino entre la tradición clásica y la nueva corriente modernista que a principios del siglo XX asomaba la cabeza en Europa, la abundante producción literaria de Conrad ahonda en temas de la condición humana, la moralidad y el aislamiento.

# Joseph Conrad

## El cuento

Traducción del inglés de Juan Gabriel López Guix
Prólogo de Gonzalo Torné

ALPHA DECAY

# PENUMBRAS Y DISCREPANCIAS

Como una pequeña ventana que permitiese ver lo esencial de un paisaje inmenso, así este breve cuento con la vasta obra de Conrad. El cristal transparente deja ver muchas de las constantes de su territorio narrativo: el diálogo seco, la frase flexible y ondulante como un tentáculo, los trabajos del mar, las descripciones naturales que fulguran un segundo con trazos expresionistas antes de volver a apagarse, barcos que se adentran en un presentimiento de tormenta mientras su reflejo brilla orgulloso y nostálgico en el espejo del mar...

Justo al empezar asoma una de las constantes más insistentes de Conrad: la conversación en penumbra entre dos que hablan a medias, tentados a callar o replegarse en el monólogo, arrastrando palabras que parecen vibrar en el aire, a contrapelo de la voluntad, arrastradas por su propia inercia, porque ya son incapaces de retenerlas.

Aquí se trata una pareja que acaba de hacer el amor, el primer día de un encuentro (o de un reencuentro) que no podrá prolongarse más de cinco días porque al capitán le reclama el mar. Ambos quieren lo que sus vidas cotidianas les regatean: el hombre más cariño, la mujer sentir la aventura a través de una historia. La mujer le pide aventuras sin sangre ni fuego, pero el hombre no percibe esta transferencia del cariño de la caricia a la palabra, o si lo percibe es demasiado tarde, una vieja historia prende en su imaginación, una que lleva callada demasiado tiempo, hurgando su conciencia. La mujer escucha, su papel casi ha concluido, la memoria se ha puesto en marcha.

En adelante, Conrad nos enreda en su asunto favorito: la discordancia entre la moral y el carácter, y entre la naturaleza del acto y sus consecuencias. Aunque Conrad disfruta de una merecida fama de complejidad (siempre hay penumbra en su imaginación) los actos centrales de sus relatos suelen ser claros: un capitán abandona un barco que se hunde, otro precipita un naufragio al obligar a la tripulación a cumplir con la ley. Con un sobrio escándalo, la narrativa de Conrad señala que, si las transiciones entre el mundo moral y el de las acciones fuese fluido y acorde, los hombres justos solo cometerían actos justos y los actos justos solo provocarían efectos beneficiosos; pero el tránsito es turbulento y caprichoso, sometido a presiones inesperadas, y nadie sabe si la acción, al doblar el cabo, desembocará en el mar de la justicia o la injusticia.

La primera discrepancia que explora Conrad es el gesto cobarde del hombre que hasta ese momento (y en adelante) se ha comportado de manera justa. *Lord Jim* explora esta desconexión de cobardía o injusticia con el tono habitual de la moral de un hombre, consciente y expresa, cultivada durante años. El reverso de aquellos versos en que Eliot se asombra de ese momento de resolución que ni toda una vida apocada podrá desmentir. ¿Debemos perdonarle? ¿Debemos permitir que se hunda? ¿Todos los hombres valientes serían cobardes presionados por unas circunstancias concretas? ¿Quiénes seremos puestos a prueba? ¿Ensucia este acto reprensible toda una vida de justicia? Perdonado (aunque sea al final del castigo) por la sociedad, ¿dónde expiará Jim, el hombre Jim, el cobarde de Jim, la vergüenza y el remordimiento ante el severo juicio de su propia conciencia?

Una segunda discrepancia (la que se explora en este cuento) afecta al desacuerdo entre la acción justa y las circunstancias que la convierten en una catástrofe para los demás. Una acción (y un desenlace) por la que ningún tribunal humano se atreverá a pedirnos cuentas pero que nunca dejará de rozar con inquietud la conciencia cuando pensemos en ella, induciéndonos a preguntarnos si lo justo no será el límite extremo de lo tolerable. ¿De qué sirve la justicia si la conciencia que actúa no es lo bastante flexible para determinar (o por lo menos intuir) cuando la severidad se transforma en abuso e injusticia?

En el formato breve de este relato o en las amplias espirales narrativas que dan cuerpo a *Lord Jim*, Conrad parece menos interesado en dar una respuesta teórica a estas preguntas como en perseguir los meandros de resentimiento, engaño, conformidad, retraimiento y nostalgia que perdurarán mientras respire la conciencia enredada en su telaraña. Al fin y al cabo, las historias que nos retienen, aquellas a las que volvemos una y otra vez, no son las que nos explican y se explican con claridad, sino aquellas que, pese a concernirnos de manera íntima, se niegan a revelarnos sus secretos.

GONZALO TORNÉ
Febrero de 2025, San Sebastián

# NOTA PRELIMINAR[1]

El novelista británico de origen polaco, Teodor
Józef Konrad Korzeniowski (1857-1924), conocido como Joseph Conrad, nació en Ucrania, donde
las autoridades zaristas habían exiliado a su padre,
un aristócrata nacionalista, escritor y traductor de
Shakespeare y Victor Hugo al polaco. Quedó huér-
fano a una edad temprana y, huyendo del servicio
militar ruso (que duraba veinticinco años), llegó a
Marsella en 1874, donde inició una vida aventurera
en la que no faltaron el tráfico de armas y la conspi-
ración en favor de los legitimistas durante la tercera guerra carlista española, un intento de suicidio e

---

[1] Este texto, junto a la presente traducción de «El cuento», fueron publicados originalmente en el volumen *Cuentos
de la Gran Guerra* (Alpha Decay, 2008).

innumerables viajes en la marina mercante inglesa, primero como simple marinero y finalmente como capitán.

En 1894, tras veinte años en el mar y ya nacionalizado súbdito británico, se estableció en Inglaterra, donde inició una carrera profesional como escritor que lo llevaría a convertirse en uno de los maestros de la literatura inglesa. Fue autor de una docena de novelas y una treintena de cuentos. Destacan, entre otras, las obras: *Lord Jim* (1900), *El corazón de las tinieblas* (1902), *Nostromo* (1904) y *El agente secreto* (1907). Durante la Gran Guerra, apoyó la campaña británica de propaganda oficial, visitó bases navales y buques, y escribió reportajes sobre ellos.

«El cuento», el único relato en el que se refiere directamente a la Primera Guerra Mundial (en la cual participó su hijo Borys, que fue gaseado y sufrió neurosis de guerra), se publicó por primera vez en la revista *Strand* (1917) y luego se recogió de forma póstuma en *Cuentos de oídas* (1925).

Maestro en la creación de atmósferas, Joseph Conrad presenta en realidad aquí dos cuentos: uno envuelto por la noche; y el segundo, dentro del primero, envuelto en la «niebla de la guerra» y en el que se exponen los dilemas morales del capitán de un barco de guerra británico. En un modo típicamente conradiano, se entremezclan el ambiente marino, la penetración psicológica, la reflexión acerca del bien y el mal, la búsqueda de la verdad y una visión pesimista sobre la naturaleza humana.

JUAN GABRIEL LÓPEZ GUIX

# EL CUENTO

Al otro lado del ventanal, la luz crepuscular se extinguía poco a poco en un gran brillo cuadrado sin color enmarcado entre las sombras crecientes de la habitación.

Era una habitación alargada. La irresistible marea de la noche se apoderaba de su extremo más apartado, donde la susurrante voz de un hombre, apasionadamente interrumpida y apasionadamente reanudada, parecía protestar contra los murmullos de infinita tristeza que le respondían.

Al final no le respondió ningún murmullo. Su movimiento, cuando se incorporó lentamente junto al sofá hondo e impreciso ante el cual había estado arrodillado y que albergaba la insinuación imprecisa de una mujer reclinada, mostró que era alto en esa habitación de techo bajo y oscuro todo él, salvo la cruda discordancia del cuello blanco bajo la forma de la cabeza y el tenue y diminuto destello dorado de un botón aquí y allá en el uniforme.

Se inclinó sobre ella un momento, masculino y misterioso en su inmovilidad, antes de sentarse en un sillón cercano. Solo podía ver el tenue óvalo del rostro de la mujer vuelto hacia él y, extendidas sobre el vestido negro, las pálidas manos, un momento antes abandonadas a sus besos y ya como demasiado cansadas para moverse.

No se atrevió a emitir ningún sonido, rehuyendo como haría un hombre las prosaicas necesidades de la existencia. Como siempre, fue la mujer la que tuvo el valor. Fue su voz la que se oyó primero; casi convencional, aunque su ser vibraba por las emociones en conflicto.

—Cuéntame algo —dijo.

La oscuridad ocultó la sorpresa y luego la sonrisa del hombre. ¿Acaso no le acababa de decir cuanto valía la pena ser dicho en el mundo, y no por primera vez?

—¿Qué quieres que te cuente? —preguntó con una voz de encomiable serenidad.

Empezó a sentirse agradecido hacia ella por ese algo definitivo en su voz que mitigaba la tensión.

—¿Por qué no me cuentas un cuento?

—¡Un cuento!

Estaba verdaderamente sorprendido.

—Sí, ¿por qué no?

Esas palabras sonaron con un punto de mal genio, la sombra de la voluntad caprichosa de una mujer amada, que es caprichosa solo porque se considera a sí misma como una ley, embarazosa a veces y siempre difícil de eludir.

—¿Por qué no? —repitió él, con cierto tono de burla, sintiéndose como si le hubiera pedido la luna.

Sin embargo, se sintió algo molesto con ella por esa volubilidad femenina que se deshace de una emoción con tanta facilidad como de un vestido espléndido.

La oyó decir con cierto vacilar, con una especie de entonación tornadiza que le recordó de repente el vuelo de una mariposa:

—Antes contabas muy bien tus… tus cuentos… sencillos y… y profesionales. O lo bastante bien para que me interesaran. Tenías una… una especie de arte… antes… antes de la guerra.

—¿De verdad? —dijo con involuntaria melancolía—. Pero ahora, ya ves, la guerra continúa —añadió con un tono de voz apagado y uniforme que hizo que ella sintiera algo parecido a un ligero escalofrío en los hombros.

No obstante, ella insistió, ya que no hay nada más inquebrantable en el mundo que el capricho de una mujer.

—No tiene por qué ser un cuento de este mundo —explicó ella.

—¿Quieres un cuento del otro mundo, del mejor? —preguntó, con prosaica sorpresa—. Para esa tarea tienes que invocar a quienes ya han estado allí.

—No, no me refiero a eso. Me refiero a otro… a algún otro mundo. En el universo… no en el cielo.

—Me siento más tranquilo. Pero no olvides que solo tengo un permiso de cinco días.

—Sí. Y yo también me he tomado un permiso de cinco días de… de mis deberes.

—Me gusta esa palabra.

—¿Qué palabra?

—Deber.

—Es horrible… a veces.

—Oh, es porque piensas que es limitada. Pero no es así. Encierra infinitos, y… y por eso…

—¿Qué son esas palabras?

Él pasó por alto la desdeñosa interrupción.

—Un infinito de absolución, por ejemplo —prosiguió—. Pero con respecto a ese otro mundo… ¿quién va a cuidar de él y del cuento que hay en él?

—Tú —dijo ella con una extraña, casi áspera, dulzura asertiva.

Él hizo desde su sillón un impreciso movimiento afirmativo, cuya ironía ni siquiera la oscuridad congregada pudo volver misteriosa.

—Como quieras. En ese mundo, pues, había una vez un Oficial al Mando y un Noruego. Ponle las mayúsculas, por favor, porque no tenían otros nombres. Era un mundo de mares, continentes e islas…

—Como la tierra —murmuró amargamente.

—Sí. ¿Qué otra cosa podías esperar cuando envías a un hombre hecho de nuestra arcilla vulgar y atormentada a un viaje de descubrimiento? ¿Qué otra cosa puede encontrar? ¿Qué otra cosa podría entender o importarle? Es más, ¿de qué otra cosa podría sentir la existencia? Era un mundo con comedia, y también con matanzas.

—Siempre como en la tierra —murmuró de nuevo ella.

—Siempre. Y, como solo puedo encontrar en el universo lo que está profundamente arraigado en las fibras de mi ser, también había en él amor. Pero no vamos a entrar en eso.

—No. No vamos a entrar —dijo ella, con un tono neutral que disimulaba a la perfección su alivio... o su desilusión. Tras una pausa, añadió—: Será una historia cómica.

—Bueno... —también él hizo una pausa—. Sí. En cierto sentido. En cierto sentido muy macabro. Será una historia humana y, como sabes, la comedia no es más que una cuestión de perspectiva visual. No va a ser una historia ruidosa. Todos sus cañones permanecerán mudos, tan mudos como si fueran telescopios.

—¡Ah, así que hay cañones! ¿Y puedo preguntar... dónde?

—A bordo. No olvides que el mundo del que hablamos tenía sus mares. Había estallado en él una guerra. Era un mundo raro y de lo más serio. Su guerra se libraba por tierra, por mar, bajo el mar, en lo alto del aire e incluso bajo el suelo. Y en ella muchos jóvenes, la mayoría en salas de oficiales y cantinas, solían comentar entre sí, discúlpame el lenguaje impropio, solían decirse: «Es una maldita guerra asquerosa, pero más vale eso que nada». Suena frívolo, ¿no? —Oyó un suspiro nervioso e impaciente en las profundidades del sofá mientras proseguía sin hacer pausa alguna—. Y, sin embargo, encierra más de lo que parece. Me refiero a más sabiduría. La frivolidad, como la comedia, no es más que una cuestión de primera impresión visual. Ese mundo no era muy sabio, pero ponía en práctica cierta dosis de sagacidad. Esa sagacidad, de todos modos, era practicada en su mayor parte por los neutrales de diferentes maneras, públicas y privadas, que tenían que ser vigiladas; vigiladas por mentes agudas y también por ojos penetrantes. Y tenían que ser ojos muy penetrantes, te lo aseguro.

—Me lo puedo imaginar —murmuró ella con aprobación.

—¿Hay algo que no puedas imaginar? —preguntó él seriamente—. Tienes el mundo dentro de ti. Pero volvamos a nuestro oficial, quien, por supuesto, capitaneaba un barco de algún tipo. Mis cuentos, aunque a menudo profesionales (como acabas de observar), nunca han sido técnicos. Por eso solo te diré que el barco había sido en otro tiempo un barco muy decorado, con mucha gracia, elegancia y lujo por todas partes. ¡Sí, en otro tiempo! Era como una hermosa mujer que de repente se hubiera vestido con un traje de arpillera y colocado pistolas en el cinturón. No obstante, flotaba con ligereza, se movía ágilmente, estaba bastante bien.

—¿Era ésa la opinión del oficial al mando? —dijo la voz desde el sofá.

—Así es. Solían enviarlo con él frente a ciertas costas para ver... lo que pudiera ver. Solo eso. Y a veces disponía de alguna información previa como ayuda y a veces no. Y daba lo mismo, en realidad. Resultaba casi tan útil como lo habría sido la información sobre el emplazamiento y las intenciones de una nube o sobre un fantasma que se materializa aquí y allí y es imposible de atrapar.

»Era al comienzo de la guerra. Lo que al principio asombraba al oficial al mando era el inalterado rostro de las aguas, con su expresión familiar, ni más amable ni más hostil. En los días despejados, el sol saca chispas en el azul; aquí y allá un pacífico penacho de humo pende en la distancia, y resulta imposible creer que el claro y conocido horizonte traza el límite de una gran emboscada circular.

»Sí, es imposible creerlo, hasta que un día ves que un barco, no el tuyo (eso no es tan excepcional), sino alguno en las proximidades, salta de pronto por los aires y se hunde antes de que llegues a saber qué le ha pasado. Entonces empiezas a creerlo. En adelante, sales a hacer ese trabajo de ver… lo que puedas ver y lo llevas a cabo con la convicción de que algún día morirás por culpa de algo que no has visto. Al cabo del día, envidias a los soldados, enjugándose el sudor y la sangre del rostro, contando los muertos que han ocasionado, contemplando los campos asolados, la tierra desgarrada que parece sufrir y sangrar con ellos. De verdad, envidias eso. La brutalidad última, el sabor de la pasión primitiva, la feroz franqueza del golpe asestado con la propia mano, la llamada directa y la respuesta clara. Bien, el mar no te daba nada de eso, y parecía fingir que al mundo no le pasaba nada.

Ella lo interrumpió, protestando un poco.

—Ah, sí. Sinceridad, franqueza, pasión… ¡tres palabras de tu evangelio! ¡Como si no las conociera!

—¡Piénsalo! ¿No es el nuestro… en el que ambos creemos? —preguntó, con inquietud, pero sin esperar una respuesta, y prosiguió sin detenerse—: Tales eran los sentimientos del oficial al mando. Era un alivio cuando llegaba la noche arrastrándose sobre el mar, ocultando lo que parecía la hipocresía de un viejo amigo. La noche te ciega con franqueza; y hay circunstancias en las que la luz del sol se te puede hacer tan odiosa como la propia falsedad. La noche está bien.

»Por la noche, el oficial al mando podía dejar vagar sus pensamientos… no te diré por dónde. Por algún lugar en el que no había más elección que entre la verdad y la muerte. Pero el tiempo neblinoso, aunque te cegaba, no proporcionaba ese alivio. La bruma es traicionera, la inerte luminosidad de la niebla es irritante. Parece como si tuvieras que ver.

»Un día gris y desapacible, el barco seguía su ronda frente a una costa rocosa e insegura que destacaba con negra intensidad como un dibujo en tinta china sobre un papel gris. Entonces el segundo de a bordo se dirigió a su superior. Creía haber avistado algo en el agua, mar adentro. Un pequeño pecio, quizá.

»—Pero aquí no debería haber ningún pecio, señor —comentó.

»—No —dijo el oficial al mando—. Los últimos barcos atacados por submarinos de los que se ha informado fueron hundidos mucho más al oeste. Pero nunca se sabe. Puede que haya habido otros de los que no se ha informado o que no se han visto. Desaparecidos sin supervivientes.

»Así empezó todo. El rumbo del barco se modificó para pasar cerca del objeto; porque era necesario ver bien lo que se pudiera ver. Cerca, pero sin tocarlo; porque no es aconsejable entrar en contacto con objetos que flotan a la deriva, tengan la forma que tengan. Cerca, pero sin detenerse y sin disminuir siquiera la velocidad; porque en esa época no era prudente permanecer en un lugar concreto, ni siquiera un momento. Te puedo decir de entrada que el objeto no era peligroso en sí mismo. No vale la pena describirlo. Quizá fuera algo tan insignificante como, digamos, un barril con una forma y un color determinados. Pero era importante.

»La suave ola de proa lo elevó como para examinarlo más de cerca, y luego el barco, de vuelta a su rumbo, le dio la espalda con indiferencia, mientras en cubierta veinte pares de ojos miraban en todas las direcciones intentando ver… lo que pudieran ver.

»El oficial al mando y su segundo de a bordo hablaron acerca del objeto con discernimiento. No les parecía tanto una prueba de la sagacidad como de la actividad de ciertos neutrales. Dicha actividad había adquirido en muchos casos la forma de un reabastecimiento en el mar de las bodegas de ciertos submarinos. Era una creencia general, si bien no se sabía con certeza. De todos modos, la cruda realidad de aquellos primeros tiempos apuntaba en esa dirección. El objeto, visto de cerca y abandonado con aparente indiferencia, probaba más allá de toda duda que algo así había tenido lugar en las cercanías.

»El objeto en sí era más que sospechoso. Pero el hecho de haber sido abandonado de modo deliberado levantaba otras sospechas. ¿Era acaso resultado de algún plan oscuro y diabólico? Sobre tal posibilidad, toda especulación pronto pareció inútil. Al final, los dos oficiales llegaron a la conclusión de que, casi con toda seguridad, el objeto había sido abandonado por accidente, posiblemente complicado por alguna necesidad imprevista; como, quizá, la súbita necesidad de abandonar con rapidez el lugar o algo por el estilo.

»Su conversación se llevó a cabo con frases lacónicas y sustanciales, separadas por silencios largos y pensativos. Y todo el rato sus ojos escrutaron el horizonte en un esfuerzo de vigilancia interminable y casi mecánico. El hombre más joven resumió en tono grave:

»—Bien, es una prueba. Es eso. Una prueba de lo que ya casi estábamos seguros. Y evidente, además.

»—Y nos será muy útil —contestó el oficial al mando—. Los contendientes están a muchas millas de aquí; el submarino, solo el diablo sabe dónde, dispuesto a matar; y el noble neutral, escabulléndose hacia el este, ¡dispuesto a mentir!

»El segundo de a bordo se rio un poco del tono. Pero supuso que el neutral ni siquiera tendría que mentir mucho. Los individuos de esa calaña, si no eran sorprendidos con las manos en la masa, se sentían bastante a salvo. Podían permitirse reír por lo bajo. Ese individuo probablemente se estaba riendo entre dientes. Es muy posible que no jugara a ese juego por primera vez y que le importara un comino la prueba abandonada. En ese juego la práctica lo volvía a uno atrevido y también lo hacía triunfar.

»Y rio de nuevo levemente. Sin embargo, el oficial al mando se sublevaba contra el criminal sigilo de los métodos y la atroz insensibilidad de las complicidades que parecían mancillar la fuente misma de las profundas emociones y las más nobles actividades de los hombres; corromper su imaginación, que forja las ideas últimas sobre la vida y la muerte. Sufría…

La voz procedente del sofá interrumpió al narrador.

—¡Qué bien entiendo ese sentimiento!

Él se inclinó un poco hacia adelante.

—Sí. Yo también. Todo debería ser franco en la guerra y en el amor. Franco como el día, porque ambos responden a la llamada de un ideal que resulta muy fácil, terriblemente fácil, envilecer en nombre de la Victoria. —Hizo una pausa, luego continuó—: No sé si el oficial al mando ahondó tanto en sus sentimientos. Pero sufría por ellos… con una especie de tristeza desencantada. Es posible incluso que llegara a pensar que estaba loco. El hombre es mudable. De todos modos, no tuvo tiempo para demasiada introspección porque desde el sudoeste un muro de niebla había avanzado sobre su barco. Sobre él pasaron, arremolinándose en torno a los mástiles y la chimenea, grandes volutas neblinosas que dieron la impresión de que empezaban a deshacerse. Luego se desvanecieron.

»El barco se detuvo, todos los sonidos cesaron y la propia niebla se quedó inmóvil, cada vez más densa y como sólida en su asombrosa inmovilidad muda. Los hombres en sus puestos no alcanzaban a verse entre sí. Los pasos sonaban sigilosos; unas voces extrañas, impersonales y remotas se apagaban sin eco. Una ciega quietud blanca tomó posesión del mundo.

»Parecía, además, como si fuera a durar días. No quiero decir que la niebla no variara un poco en su densidad. De vez en cuando, se disipaba de modo misterioso y revelaba a los hombres un presentimiento más o menos espectral del barco. Varias veces, la sombra de la propia costa flotó oscuramente ante sus ojos a través de la fluctuante luminosidad opaca de la gran nube blanca que se aferraba al agua.

»Aprovechando esos momentos, el barco se había aproximado con precaución a la orilla. Era inútil alejarse con ese tiempo neblinoso. Los oficiales conocían hasta el último rincón de la costa por la que hacían la ronda. Pensaron que era mejor atracar en cierta cala. No era un sitio muy grande, justo un espacio holgado para lanzar el ancla. Sería más llevadero hasta que la niebla se levantara.

»Lentamente, con infinita precaución y paciencia, se acercaron cada vez más, sin ver de los acantilados más que una fugaz sombra oscura con una cenefa de furiosa espuma a sus pies. Cuando fondearon la niebla era tan espesa que, de juzgar por lo que veían, bien podían estar a mil millas en alta mar. Sin embargo, se percibía el abrigo de la tierra. Había algo especial en la quietud del aire. Muy débil, muy esquivo, el romper de las olas contra la tierra circundante llegaba a sus oídos con misteriosas pausas repentinas.

»Cayó el ancla, se dispusieron las sondas. El oficial al mando bajó a su camarote. Pero no llevaba ahí mucho tiempo cuando desde el otro lado de la puerta una voz requirió su presencia en cubierta. Pensó: "¿Qué pasa ahora?". Sintió cierta exasperación por el hecho de ser reclamado y tener que enfrentarse de nuevo a la tediosa niebla.

»Le pareció que otra vez se había disipado un poco y había adquirido el matiz adusto de los oscuros acantilados que no tenían forma, ni silueta, pero que se afirmaban como una cortina de sombras alrededor del barco, salvo en un sitio brillante, que era la entrada desde el mar abierto. Varios oficiales miraban en esa dirección desde el puente. El segundo de a bordo lo recibió con la noticia ansiosamente susurrada de que había otro barco en la cala.

»Varios pares de ojos lo acababan de distinguir hacía unos minutos. Estaba anclado muy cerca de la entrada: una simple mancha imprecisa en el resplandor de la niebla. Y el oficial al mando, escrutando en la dirección que le señalaban varias manos impacientes, acabó al fin por distinguirla. Algún tipo de barco, sin lugar a dudas.

»—Es un milagro que no hayamos chocado al entrar —observó el segundo de a bordo.

»—Envíe un bote a bordo antes de que desaparezca —dijo el oficial al mando.

»Supuso que se trataba de un barco de cabotaje. Difícilmente podía tratarse de otra cosa. No obstante, otro pensamiento lo asaltó de repente.

»—Es un milagro —dijo a su segundo, cuando este se reunió con él tras enviar el bote.

»Para entonces ambos se habían dado cuenta de que el barco tan súbitamente descubierto no había manifestado su presencia haciendo sonar la campana.

»—Entramos de modo muy silencioso, es cierto —concluyó el joven oficial—, pero al menos tienen que haber oído a nuestros sondeadores. No habremos pasado a más de cincuenta metros. ¡Los hemos rozado! Puede que incluso nos hayan visto, puesto que eran conscientes de que entraba algo. Y lo extraño es que no hemos oído ni un sonido de su parte. La tripulación habrá estado conteniendo la respiración.

»—Afirmativo —dijo pensativamente el oficial al mando.

»A su debido tiempo el bote de abordaje regresó, apareciendo de repente a un lado, como si se hubiera cavado un camino bajo la niebla. El oficial al cargo subió para presentar su informe, pero el oficial al mando no le dio tiempo a empezar. Gritó desde lejos:

»—Es un barco de cabotaje, ¿verdad?

»—No, señor. Es un extranjero, un neutral —respondió.

»—No. ¿De verdad? Bien, cuéntenos qué dice. ¿Qué hace aquí?

»El joven expuso entonces que le habían contado una larga y complicada historia de problemas en los motores. De todos modos, era lo bastante verosímil desde un punto de vista estrictamente profesional y presentaba las características habituales: avería, deriva peligrosa a lo largo de la costa, tiempo más o menos neblinoso durante varios días, miedo a una galerna, la resolución final de acercarse y fondear en cualquier lugar de la costa, etcétera. Era bastante creíble.

»—¿Los motores todavía están averiados? —preguntó el oficial al mando.

»—No, señor. El barco puede navegar.

»El oficial al mando llevó a un lado al segundo de a bordo.

»—¡Diantre! —exclamó—, tenía usted razón. Estuvieron conteniendo la respiración mientras pasábamos a su lado. Es evidente.

»Sin embargo, el segundo de a bordo tuvo entonces sus dudas.

»—Una niebla así amortigua los ruidos suaves, señor —observó—. Y, después de todo, ¿cuál podría ser la intención?

»—Escabullirse sin que nos diéramos cuenta —respondió el oficial al mando.

»—Entonces, ¿por qué no lo ha hecho? Podía haberlo hecho, lo sabe. Quizá no sin que nos diéramos cuenta del todo. No creo que pudiera recoger el cable sin hacer ningún ruido. De todos modos, en un minuto o así se habría perdido de vista; habría desaparecido antes de poder distinguirlo bien. Pero no lo ha hecho.

»Se miraron el uno al otro. El oficial al mando sacudió la cabeza. Las sospechas como esa que se le había introducido en la mente no eran fáciles de defender. Ni siquiera la manifestó de modo abierto. El oficial de abordaje concluyó con el informe. La carga del barco era de carácter útil e inofensiva. Se dirigía a un puerto inglés. La documentación y todo lo demás estaba en regla. No se había detectado nada sospechoso en ningún sitio.

»Con respecto a los hombres, describió a la tripulación de cubierta como la habitual. Ingenieros del género habitual, y muy satisfechos de sus logros reparando motores. El piloto, hosco. El patrón, un buen espécimen noruego, bastante educado, pero parecía haber bebido. Daba la impresión de estar recuperándose de una borrachera corriente.

»—Le he dicho que no le podía conceder el permiso para continuar. Me ha contestado que no se atrevería a mover el barco con este tiempo, con permiso o sin permiso. He dejado un hombre a bordo, de todos modos.

»—Bien hecho.

»El oficial al mando, tras permanecer en íntima comunión con sus sospechas durante un momento, llamó a un lado a su segundo.

»—¿Y si fuera el mismo barco que ha estado abasteciendo a algún maldito submarino? —preguntó en voz baja.

»El segundo dio un respingo. Y luego dijo con convicción:

»—Quedaría impune. No podría demostrarlo, señor.

»—Quiero echar una ojeada yo mismo.

»—Por el informe que hemos escuchado, me temo que ni siquiera podría justificar una sospecha razonable, señor.

»—Subiré a bordo de todas maneras.

»Estaba decidido. La curiosidad es la gran fuerza motriz del odio y del amor. ¿Qué esperaba encontrar? No se lo habría podido decir a nadie… ni siquiera a sí mismo.

»Lo que de verdad esperaba encontrar ahí era la atmósfera, la atmósfera de la traición gratuita, que nada en su opinión podía excusar; porque pensaba que ni siquiera podía hacerlo una pasión por la perversidad misma. Pero ¿sería capaz de detectarla? ¿Olerla? ¿Catarla? ¿Recibiría alguna misteriosa comunicación que convirtiera sus invencibles sospechas en una certeza lo bastante convincente como para suscitar una acción con todos sus riesgos?

»El patrón se reunió con él en la cubierta de popa, tras surgir de la niebla entre las borrosas formas de los equipamientos del barco. Era un noruego robusto, con barba y en pleno vigor de su edad. Llevaba una gorra redonda de piel ajustada a la cabeza. Tenía las manos hundidas en los bolsillos de una chaqueta corta de piel. Ahí las mantuvo mientras explicaba que en el mar vivía en el cuarto de derrota, y hasta ahí lo condujo con zancadas despreocupadas. Justo antes de llegar a la puerta situada bajo el puente, se tambaleó un poco, se recuperó, la abrió de golpe y se mantuvo a un lado, apoyando el hombro como involuntariamente contra la pared exterior del habitáculo y mirando de modo impreciso el espacio lleno de niebla. Pero enseguida siguió al oficial al mando, cerró la puerta, encendió la bombilla y se apresuró a meter de nuevo las manos en los bolsillos, como temeroso de que se las agarraran ya fuera por amistad o por hostilidad.

»El lugar estaba mal ventilado y era caluroso. En lo alto, el típico archivador de cartas náuticas estaba lleno, y la carta de la mesa se hallaba sin desenrollar junto a una taza vacía colocada en un platillo con restos derramados de un líquido oscuro. Una galleta mordisqueada reposaba junto al estuche del cronómetro. Había dos sofás, uno de ellos convertido en cama con una almohada y varias mantas, que en ese momento estaban revueltas. Sobre él se dejó caer el noruego, sin sacar las manos de los bolsillos.

»—Bueno, aquí estoy —dijo, con un curioso aire de sorprenderse ante el sonido de su propia voz.

»El oficial al mando observó desde el otro sofá el apuesto y sonrojado rostro. Algunas gotas de niebla pendían de la barba y el bigote rubios del noruego. Las cejas, mucho más oscuras, se unieron en un entrecejo asombrado, y de repente el patrón se incorporó.

»—Lo que quiero decir es que no sé dónde estoy. De verdad que no lo sé —estalló con extrema seriedad—. ¡Caray! Me he dado la vuelta sin darme cuenta. La niebla me ha perseguido durante una semana. Más de una semana. Y luego se me han averiado los motores. Le explicaré lo que ha pasado.

»Se lanzó a un estallido de locuacidad. Pausado, pero insistente. Aunque no fue continuo. Estuvo interrumpido por pausas muy curiosas y reflexivas. Cada pausa no duraba más de un par de segundos y tenía la profundidad de una meditación infinita. Mientras continuaba hablando, nada en él delataba la más mínima conciencia de esos intervalos. Mantenía la misma mirada fija, la misma seriedad inalterada en el tono. No se daba cuenta. De hecho, más de una de esas pausas se produjo en medio de una frase.

»El oficial al mando escuchó el relato. Le pareció más verosímil de lo que acostumbra a parecerlo la pura verdad. Pero quizá eso fuera prejuicio. Durante todo el rato en que habló el noruego, el oficial atendió a una voz interior, un murmullo grave en lo más profundo de sí, que le contaba otro cuento, como queriendo mantener viva en él su indignación y su rabia ante esa vileza de la codicia o el simple punto de vista que yace a menudo en la base de las ideas simples.

»Era la historia que ya había contado al oficial de abordaje más o menos una hora antes. El oficial al mando asentía ligeramente al noruego de vez en cuando. Este finalizó y apartó la vista. Y luego añadió:

»—¿No es eso suficiente preocupación para hacer enloquecer a un hombre? Y, además, es mi primer viaje a esta zona. Y el barco es mío. Su oficial ha visto la documentación. No es gran cosa, como puede ver. Solo un viejo barco de carga. Lo justo para mantener a mi familia.

»Levantó un gran brazo y señaló una hilera de fotografías que cubría el mamparo. El movimiento fue pesado, como si el brazo estuviera hecho de plomo. El oficial al mando dijo con despreocupación:

»—Todavía podrá ganar una fortuna para su familia con este viejo barco.

»—Sí, si no lo pierdo —dijo el noruego con tono sombrío.

»—Después de esta guerra, me refiero —añadió el oficial al mando.

»El noruego fijó en él una mirada curiosamente perdida y al mismo tiempo interesada, como solo pueden hacerlo los ojos de un tono particular de azul.

»—Y no se enfadará por ello, ¿verdad? Es usted demasiado caballeroso. Nosotros no somos los responsables de su situación. Y suponga que nos quedáramos sentados y lamentándonos. ¿Qué se sacaría de eso? Que lloren los causantes del problema —concluyó con energía—. El tiempo es dinero, como dicen ustedes. En fin, este tiempo es dinero. ¿No es cierto?

»El oficial al mando intentó disimular el sentimiento de profunda repugnancia. Se dijo que no era razonable. Los hombres eran así, caníbales morales que se alimentaban de las desgracias ajenas. Dijo en voz alta:

»—Ha explicado perfectamente por qué está aquí. El cuaderno de bitácora lo confirma con suma precisión. Por supuesto, un cuaderno de bitácora se puede amañar. Nada más fácil.

»El noruego no movió un músculo. Miraba al suelo; pareció no haberlo oído. Levantó la cabeza al cabo de un instante.

»—Pero no puede sospechar nada de mí —murmuró con despreocupación.

»El oficial pensó: "¿Por qué habrá dicho esto?".

»Justo después el hombre que tenía enfrente añadió:

»—Mi cargamento es para un puerto inglés.

»Su voz se volvió ronca en ese momento. El oficial al mando meditó: "Es verdad. No puede haber nada. No puedo sospechar de él. Sin embargo, ¿por qué ha permanecido escondido con los motores encendidos en medio de esta niebla y luego al oír que nos acercábamos no ha dado ninguna señal de vida? ¿Por qué? ¿Se trata de otra cosa que no sea una conciencia culpable? Por los sondeadores tuvo que ver que se trataba de un buque de guerra".

»"Sí, ¿por qué?" El oficial al mando siguió reflexionando: "¿Y si se lo pregunto mirándolo a la cara? De algún modo se delatará. Es más que evidente que ha estado bebiendo. Sí, ha estado bebiendo; aunque de todos modos tendrá una mentira preparada". El oficial era uno de esos hombres que se sentían incómodos moral y casi físicamente ante el simple pensamiento de tener que desenmascarar una mentira. Retrocedió ante ese acto embargado por el desdén y la repugnancia, invencibles por ser más temperamentales que morales.

»Así que, en vez de eso, subió a cubierta e hizo formar a la tripulación para inspeccionarla. Le pareció que coincidía con la impresión que se había hecho tras el informe del oficial de abordaje. Y en las respuestas a sus preguntas no descubrió ninguna incongruencia con las anotaciones del cuaderno de bitácora.

»Les ordenó romper filas. La impresión que sacó de ellos: un grupo escogido; se les había prometido un puñado de dinero a cada uno si salía bien; todos un poco inquietos, pero no asustados. Ninguno iba a descubrir el pastel. No temían por su vida. ¡Conocían perfectamente Inglaterra y la forma de actuar de los ingleses!

»Se alarmó al darse cuenta de que pensaba como si sus más vagas sospechas se estuvieran convirtiendo en una certeza. Y es que, en realidad, no había atisbo de razón en sus inferencias. No había nada que descubrir.

»Volvió al cuarto de derrota. El noruego había permanecido ahí; y algo sutilmente distinto en su porte, más atrevido en su vidriosa mirada azul, indujo al oficial al mando a concluir que el tipo había aprovechado la ocasión para echar otro trago a la botella que tendría oculta en algún lugar.

»Observó también que al cruzarse sus miradas el noruego adoptó una exagerada expresión de sorpresa. Le pareció exagerada, al menos. No se podía creer en nada. Y el inglés se encontró con sorprendente convicción frente a una enorme mentira, sólida como un muro, sin paso alguno para llegar a la verdad, una mentira cuyo horrible rostro criminal le parecía que lo espiaba con una cínica mueca.

»—Imagino —dijo de repente— que se estará preguntando por mis medidas, porque no lo voy a detener, ¿no? ¿Se atreverá a moverse con esta niebla?

»—No sé dónde estoy —exclamó con seriedad el noruego—. De verdad que no lo sé.

»Miró alrededor como si los instrumentos del propio cuarto de derrota le fueran extraños. El oficial al

mando le preguntó si no había visto objetos extraños a la deriva cuando navegaba.

»—¡Objetos! ¿Qué objetos? Hemos avanzado a
tientas envueltos en la niebla durante días.

»—Hemos tenido unos pocos intervalos de claridad —dijo el oficial al mando—. Y le voy a contar lo
que hemos visto nosotros y la conclusión a la que
he llegado.

»Lo contó en pocas palabras. Oyó el sonido de
una aspiración súbita a través de los dientes. El noruego permaneció absolutamente inmóvil y mudo
con una mano sobre la mesa. Como si estuviera ató-
nito. A continuación, sonrió de forma necia.

»O al menos eso le pareció al oficial al mando.
¿Sería importante o carecería de significado? No lo
sabía, no acertaba a imaginarlo. Toda la verdad se
había esfumado del mundo como aspirada, absor-
bida por la monstruosa vileza de la que ese hombre
era, o no era, culpable.

»—El fusilamiento es poco para los que conciben
la neutralidad de este bonito modo —observó el
oficial al mando tras un silencio.

»—Sí, sí, sí —asintió con apresuramiento el noruego—. Quizá —añadió luego con una voz inesperada y soñadora.

»¿Simulaba estar borracho o solo trataba de parecer sobrio? Su mirada era directa, pero un tanto vidriosa. Los labios se le dibujaban con firmeza bajo el bigote rubio. Pero temblaban. ¿Temblaban? ¿Y por qué se encorvaba de ese modo?

»—No hay quizá que valga —dictaminó el oficial al mando con severidad.

»El noruego se enderezó. Y de repente también él pareció severo.

»—No. Pero ¿qué pasa con quienes se dedican a tentar? Mejor exterminarlos a todos. Debe de haber unos cuatro, cinco o seis millones —dijo en tono grave; pero enseguida cambió a una nota quejumbrosa—. Pero será mejor que me calle. Tiene usted algunas sospechas.

»—No, no tengo sospechas —afirmó el oficial al mando.

»Nunca había titubeado. En ese momento tuvo la certeza. El aire del cuarto de derrota estaba cargado de una culpa y una falsedad que se encaraban con el descubrimiento, que desafiaban lo correcto, la decencia común, todo sentimiento filantrópico, todo escrúpulo de conciencia.

»El noruego tomó una gran bocanada de aire.

»—Bien, sabemos que ustedes los ingleses son unos caballeros. Pero seamos sinceros. ¿Por qué tenemos que quererlos tanto? No han hecho nada para ser queridos. Tampoco queremos a los otros, claro está. Tampoco ellos han hecho nada para eso. Un tipo llega con una bolsa de oro… No en vano he estado en Rotterdam en el último viaje.

»—Entonces, podrá contar algo interesante a los nuestros cuando llegue a puerto —interpuso el oficial.

»—Podría. Pero ustedes ya tienen personas a sueldo en Rotterdam. Que informen ellos. Yo soy neutral… ¿o no?

¿Ha visto usted alguna vez a un pobre hombre a un lado y una bolsa de oro en el otro? Claro que a mí no me podrían tentar. No tengo agallas para eso. En serio, no tengo. Eso no significa nada para mí. Le hablo abiertamente por una vez.

»—Sí. Y yo lo estoy escuchando —dijo el oficial en voz baja.

»El noruego se inclinó sobre la mesa.

»—Ahora que sé que no alberga sospechas, hablaré. Usted no sabe lo que es un hombre pobre. Yo, sí. Yo soy pobre. Este viejo barco no es gran cosa, y además está hipotecado. Lo justo para vivir, nada más. Claro que yo no tendría el valor. ¡Pero un hombre que lo tenga! Mire. Lo que sube a bordo se parece a lo de cualquier otro carguero: paquetes, barriles, latas, tubos de cobre… todo. No ve cómo funciona. Para él no es real. Pero sí que ve el oro. Eso es real. Claro que a mí nada podría inducirme. Padezco una enfermedad interna. Me volvería loco de ansiedad… o… o… me daría a la bebida o alguna otra cosa. El riesgo es demasiado grande. ¡Ya lo creo… la ruina!

»—Debería ser la muerte.

»El oficial al mando se levantó tras esa breve declaración, que el otro recibió con una mirada dura extrañamente combinada con una sonrisa vacilante. La garganta del oficial se alzó ante la atmósfera de complicidad criminal que lo rodeaba, más densa, más impenetrable, más acre que la niebla del exterior.

»—Eso no significa nada para mí —murmuró el noruego tambaleándose visiblemente.

»—Por supuesto que no —asintió el oficial al mando mientras hacía un gran esfuerzo por mantener su voz serena y baja.

»La certeza era intensa en su interior.

»—De todos modos, voy a limpiar esta costa de todos ustedes de una vez. Y empezando por usted. Tiene media hora para marcharse.

»En ese momento el oficial caminaba por la cubierta con el noruego a su lado.

»—¡Cómo! ¿Con esta niebla?— gritó este con voz ronca.

»—Sí, tendrá que marcharse con esta niebla.

»—Pero es que no sé dónde estoy. De verdad, no lo sé.

»El oficial al mando se dio la vuelta. Lo embargó una especie de furia. Las miradas de los dos hombres se encontraron. La del noruego expresaba un profundo asombro.

»—Ah, no sabe cómo salir. —El oficial al mando habló manteniendo la compostura, pero su corazón latía con rabia y terror—. Yo le indicaré el rumbo.

Diríjase al sur cuarta al sudeste durante unas cuatro millas y luego ya podrá virar hacia el este para dirigirse a su puerto. El tiempo no tardará en despejarse.

»—¿Tengo que hacerlo? ¿Qué podría inducirme a ello? No tengo el valor.

»—Tiene que irse igualmente. A menos que quiera...

»—No quiero —jadeó el noruego—. Ya he tenido suficiente.

»El oficial al mando pasó por encima de la borda. El noruego permaneció in- móvil, como clavado a la cubierta. Antes de que el bote llegara a su barco, el oficial oyó que el vapor levaba el ancla. A continuación, impreciso en la niebla, partió siguiendo el rumbo dado.

»—Sí —dijo a sus oficiales—. Que se vaya.


El narrador se inclinó hacia el sofá donde ningún movimiento revelaba la presencia de alguien vivo.

—Escucha —dijo forzándose—. El rumbo condujo al noruego directo hacia un peligroso arrecife de roca. Y el oficial al mando le dio ese rumbo. Partió, chocó y se hundió. Así que había dicho la verdad. No sabía dónde estaba. Aunque eso no demuestra nada. Nada en un sentido ni en otro. Puede que fuera la única verdad de toda su historia. De todos modos… Parece que se marchó por la mirada amenazadora, nada más.

Abandonó todo intento de fingimiento.

—Sí, yo le di ese rumbo. Me pareció que era la prueba suprema. Creo… no, no lo creo. No lo sé. En ese momento estaba seguro. Todos se hundieron; y no sé si he aplicado una justicia severa… o cometido un asesinato; si a los cadáveres que cubren el lecho del impenetrable mar he añadido los cuerpos de unos completos inocentes o de unos viles culpables. No lo sé. No lo sabré nunca.

Se levantó. La mujer del sofá se incorporó y le rodeó el cuello con los brazos. Sus ojos pusieron dos destellos en la intensa oscuridad de la habitación. Ella conocía su pasión por la verdad, su horror a la mentira, su humanidad.

—Oh, pobre, mi pobre…

—No lo sabré nunca —repitió con severidad, se deshizo del abrazo, apretó las manos de ella contra sus labios y salió.

# CONTENIDO

Título original:
*The Tale*

Todos los derechos reservados,
incluidos los derechos de reproducción
total o parcial en cualquier formato.

© de la traducción: Juan Gabriel López Guix

© del prólogo: Gonzalo Torné

© 2025 Ediciones Alpha Decay, S.A.
Gran Via Carles III, 94 - 08028 Barcelona
www.alphadecay.org

Editado anteriormente en 2009
en la colección Alpha Mini

Primera edición en la colección Aα:
abril de 2025

Colección dirigida por Julia Echevarría

Maqueta interior: Robert Juan-Cantavella
Maqueta cubierta: Sergi Gòdia
Impresión: Imprenta Kadmoo

BIC: FA
ISBN: 978-84-128913-5-5
Depósito Legal: B 5955-2025

Esta
edición,
primera, de
*El cuento,* se
terminó de imprimir
en Salamanca en el
mes de marzo
de 2025.

# TÍTULOS RELACIONADOS

Lord Jim en casa
DINAH BROOKE

Cuentos hindúes
STÉPHANE MALLARMÉ

El aristócrata
ERNST WEISS

La llamada de Cthulhu
H.P. LOVECRAFT

Algunos libros.
Las charlas de E.M. Forster en la BBC
E.M. FORSTER

## OTROS TÍTULOS
## DE LA COLECCIÓN Aα

Un tratado de estética japonesa
DONALD RICHIE

Cuentos hindúes
STÉPHANE MALLARMÉ

El dominio de Arnheim
EDGAR ALLAN POE

La llamada de Cthulhu
H.P. LOVECRAFT

Enya. Un tratado sobre los placeres no culpables
CHILLY GONZALES

My favorite things. Conversaciones con John Coltrane
EDICIÓN DE MICHEL DELORME

Polvos raros
LYNNE TILLMAN